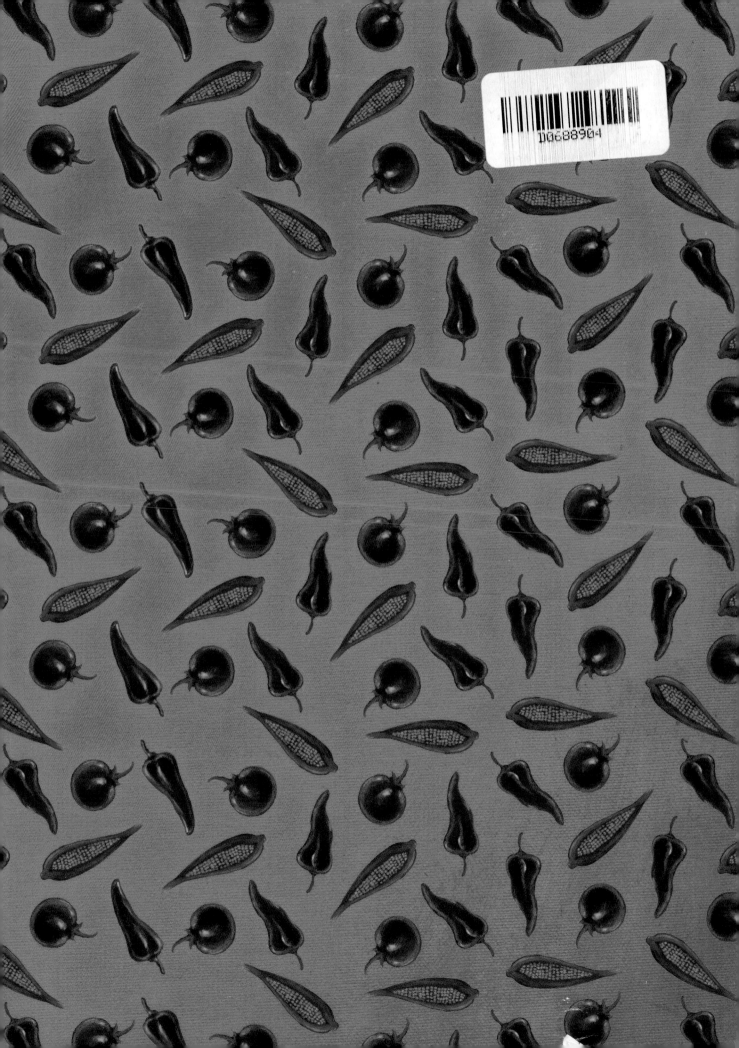

DON'T SAY A WORD, MAMÁ

NO DIGAS NADA, MAMÁ

DON'T SAY A WORD, MAMÁ

NO DIGAS NADA, MAMÁ

Joe Hayes

Illustrated by
Esau Andrade Valencia

Cinco Puntos Press
www.cincopuntos.com

Rosa and Blanca were sisters and they loved each other very much.

If their mother sent Rosa to the store to buy flour for tortillas, Blanca would say, "Wait, Rosa. I'll go with you." If their mother told Blanca to sweep the sidewalk in front of the house, Rosa would say, "Wait, Blanca. I'll help you sweep."

Rosa y Blanca eran hermanas que se querían muchísimo.

Si su mamá mandaba a Rosa ir a la tienda para comprar harina para hacer las tortillas, Blanca decía: "Espérate, Rosa, yo te acompaño". Si la mamá le decía a Blanca que barriera la banqueta frente a la casa, Rosa decía: "Espérate, Blanca. Yo te ayudo".

Their mother was very proud of them. She would always say, "My daughters are so good to each other! I must be the luckiest mother in this town. No. I'm the luckiest mother in this country. No. I think I'm the luckiest mother in the whole wide world!"

La mamá estaba muy orgullosa de sus hijas. Siempre decía: "Mis hijas se tratan con tanto cariño. Creo que soy la mamá más afortunada del pueblo. No. Soy la mamá más afortunada del país. No. ¡Soy la mamá más afortunada de todo el mundo!"

When Rosa grew up, she got married. She and her husband had three children. She lived with her family in a little house just down the street from her mother.

When Blanca grew up, she didn't get married. She lived alone in a little house just up the street from her mother.

Cuando Rosa ya era grande, se casó. Ella y su marido
tuvieron tres hijos. Vivía con su familia en una casita un
poquito calle abajo de su madre.

Cuando Blanca era grande, no se casó. Vivía sola en
una casita un poquito calle arriba de su madre.

One year, each sister planted a garden. They planted corn and tomatoes and good hot chiles. When the tomatoes were fat and ripe, Rosa helped Blanca pick the tomatoes in her garden. Then Blanca helped Rosa pick her tomatoes.

Un año, cada hermana sembró una hortaliza. Sembraron maíz y tomates y buen chile picante. Cuando los tomates estaban gordos y rojos, Rosa ayudó a Blanca a recoger los tomates de su huerta. Luego Blanca ayudó a Rosa a recoger sus tomates.

Of course, Rosa took some of her tomatoes to her old mother. And then she told her, "My poor sister Blanca lives all alone. She has no one to help her. I have a husband and three helpful children. I'm going to give half of my tomatoes to my sister. But it will be a surprise. Don't say a word, Mamá."

Of course, Blanca took some of her tomatoes to her old mother too. She told her, "My poor sister Rosa has a husband and three children. There are five to feed in her house. I have only myself. I'm going to give half of my tomatoes to my sister. But it will be a surprise. Don't say a word, Mamá."

Por supuesto, Rosa llevó una parte de sus tomates a su mamá, ya viejita. Luego, le dijo: —Mamá, mi pobre hermana Blanca vive sola. No tiene quién la ayude. Yo tengo esposo y tres hijos que me ayudan. Le voy a dar la mitad de mis tomates a mi hermana. Pero quiero que sea sorpresa. No digas nada, mamá.

Por supuesto, Blanca también llevó una parte de sus tomates a
su mamá. Le dijo: —Mi pobre hermana Rosa tiene esposo y tres hijos.
Son cinco los que se tienen que alimentar en su casa—en la mía,
únicamente yo. Le voy a dar la mitad de mis tomates a mi hermana.
Pero quiero que sea sorpresa. No digas nada, mamá.

Late that night Rosa filled a basket with tomatoes. She started toward Blanca's house. Blanca filled a basket with tomatoes and started toward Rosa's house. The night was dark. The sisters didn't see each other when they passed right in front of their mother's house. Rosa added her tomatoes to the pile of tomatoes in Blanca's kitchen. Blanca added her tomatoes to the pile in Rosa's kitchen.

Muy entrada la noche, Rosa llenó una cesta de tomates y se encaminó hacia la casa de Blanca. Blanca llenó una cesta de tomates y se encaminó hacia la casa de Rosa. La noche estaba oscura. Las hermanas no se vieron cuando se cruzaron delante de la casa de su madre. Rosa añadió sus tomates al montón en la cocina de Blanca. Blanca añadió sus tomates al montón en la cocina de Rosa.

The next morning Rosa looked at her pile of tomatoes. "*Híjole!*" she said. "How can I have so many tomatoes? Did my tomatoes have babies during the night? I'd better give some more of these tomatoes to my mother."

The next morning Blanca looked at her pile of tomatoes. "*Híjole!*" she said. "How can I have so many tomatoes? Did they all get so fat they split in two? I'd better give some more of these tomatoes to my mother."

A la mañana siguiente Rosa miró su montón de tomates. Se dijo:
—¡Híjole! ¿Cómo puedo tener tantos tomates? ¿Es que mis tomates tuvieron bebés en la noche? Vale más que le lleve más tomates a mamá.

A la mañana siguiente Blanca vio su montón de tomates. Se dijo:
—¡Híjole! ¿Cómo puedo tener tantos tomates? ¿Es que se engordaron tanto que cada uno se partió en dos? Vale más que le lleve más tomates a mamá.

Mamá now had a very big pile of tomatoes in her kitchen. She shrugged her shoulders. "Oh, well," she said, "you can never have too many tomatoes."

❧

La mamá ya tenía un montón muy grande de tomates en su cocina. Se encogió de hombros y dijo: —Bueno, no se puede tener demasiados tomates.

When the ears of corn were firm and full, Rosa helped Blanca pick her corn. Then Blanca helped Rosa pick hers.

Rosa took some of her corn to her mother. She told her, "I'm going to give half of my corn to Blanca. It will be a surprise. Don't say a word, Mamá."

Blanca took some of her corn to her mother. She told her, "I'm going to give half of my corn to Rosa. It will be a surprise. Don't say a word, Mamá."

Cuando las mazorcas estaban firmes y maduras, Rosa ayudó a Blanca a cosechar su maíz. Luego, Blanca ayudó a Rosa a cosechar el suyo.

Rosa llevó una parte de su maíz a su madre. Le dijo: —Le voy a dar la mitad de mi maíz a Blanca. Será una sorpresa. No digas nada, mamá.

Blanca llevó una parte de su maíz a su madre. Le dijo: —Le voy a dar la mitad de mi maíz a Rosa. Será una sorpresa. No digas nada, mamá.

Each sister filled a basket with corn. That night Rosa went to Blanca's house. Blanca went to Rosa's house. The night was dark. The sisters didn't see each other when they passed right in front of their mother's house.

Rosa added her corn to the corn in Blanca's house. Blanca added her corn to the corn in Rosa's house.

Cada hermana llenó una cesta de maíz. Aquella noche Rosa fue a la casa de Blanca. Blanca fue a la casa de Rosa. La noche estaba oscura. Las hermanas no se vieron cuando se cruzaron delante de la casa de su madre.

Rosa añadió su maíz al que estaba en la casa de Blanca. Blanca añadió su maíz al que estaba en la casa de Rosa.

The next day Rosa said, "*Híjole*! How can I have so much corn? Did each ear invite a friend to spend the night? I'll take some more corn to Mamá."

The next day Blanca said, "*Híjole*! How can I have so much corn? Did each ear get married and bring home a wife? I'll take some more corn to Mamá."

Their mother now had a very big pile of corn in her kitchen, but she shrugged and said, "Oh, well, you can never have too much corn."

Al día siguiente Rosa se dijo: —¡Híjole! ¿Cómo puedo tener tanto maíz? ¿Es que cada elote invitó a un amigo a pasar la noche aquí? Le voy a dar más maíz a mamá.

Al día siguiente Blanca se dijo: —¡Híjole! ¿Cómo puedo tener tanto maíz? ¿Es que se casó cada elote y trajo a casa a su esposa? Le voy a dar más maíz a mamá.

La mamá terminó con un montón bien grande de maíz en la cocina. Pero se encogió de hombros y dijo: —Bueno, no se puede tener demasiado maíz.

When the chiles turned red and
hot on the plants, Rosa and Blanca
helped each other with the picking.

Rosa took some of her chiles to
her mother. "I'm going to give half
of my chiles to Blanca," she said.
"Don't say a word, Mamá."

Blanca took some of her chiles
to her mother. "I'm going to give
half of my chiles to Rosa," she
said. "Don't say a word, Mamá."

Cuando los chiles se volvieron bien rojos y picantes en las matas, Rosa y Blanca se ayudaron con la pizca.

Rosa llevó unos chiles a su mamá. Dijo: —Le voy a dar la mitad de mis chiles a Blanca. No digas nada, mamá.

Blanca llevó unos chiles a su mamá. Dijo: —Le voy a dar la mitad de mis chiles a Rosa. No digas nada, mamá.

That night each sister filled a basket with chiles and started toward the other one's house. The night was dark. The sisters didn't see each other when they passed right in front of their mother's house. BUT...

Aquella noche cada hermana llenó una cesta de chiles y se encaminó a la casa de la otra. La noche estaba oscura. Las hermanas no se vieron cuando se cruzaron delante de la casa de su madre. PERO…

Suddenly, the sidewalk lit up like a thousand cameras all flashing at once. There were light bulbs in the trees. There were light bulbs in the bushes. There were light bulbs on the porch. Light came pouring out of the windows of the house.

And out of the door of the house came Mamá, banging the bottom of her posole pot with a big wooden spoon.

De repente la banqueta se iluminó como si mil cámaras soltaran su flash al mismo tiempo. Había focos en los árboles. Había focos en los arbustos. Había focos en el portal. Luz brillante salía de las ventanas de la casa.

Y de la puerta de la casa salió la mamá dándole al fondo de su posolera con una cucharona de madera.

"*Híjole!*" said Rosa and threw up her hands.

"*Híjole!*" said Blanca and threw up her hands too.

Red chiles went flying in every direction.

Rosa said, "Mamá, what are you doing up at this hour of night?"

"And," asked Blanca, "why are you waking up the whole neighborhood with that racket?"

—¡Híjole! —gritó Rosa y tiró las manos al aire.

—¡Híjole! —gritó Blanca y tiró las manos al aire también.

Chiles colorados salieron volando a todos lados.

Rosa dijo: —Mamá, ¿por qué andas despierta a estas deshoras?

—Y —preguntó Blanca—, ¿por qué quieres despertar al vecindario

"Well," said Mamá, "I promised you both I wouldn't say a word, but I had to do something. You know, you can never have too many tomatoes, and you can never have too much corn. *But what was I going to do with all those hot chiles!*

"What are you talking about?" asked the sisters. And then each one noticed the other one's basket. They figured out what had been going on.

Rosa laughed and said, "Now I know why I still had so many tomatoes."

Blanca laughed and said, "Now I know why I still had so much corn."

—Bueno —les dijo la mamá—, les prometí a las dos no decir palabra, pero tenía que hacer algo. Porque ya saben que no se puede tener demasiados tomates y no se puede tener demasiado maíz. *Pero, ¡qué iba a hacer con tantos chiles picantes!*

—¿Qué quieres decir? —le preguntaron las hermanas. Y luego cada una se fijó en la cesta que llevaba la otra. Se dieron cuenta de todo.

Rosa se rio y dijo: —Ahora sé por qué me quedaron tantos tomates.

Blanca se rio y dijo: —Ahora sé por qué me quedó tanto maíz.

Mamá laughed and said, "And I know why I always say: My daughters are so good to each other! I must be the luckiest mama in town. No. I'm the luckiest mama in the country. No. I'm the luckiest mama in the whole wide world!"

Mamá se rio y dijo: —Y yo sé por qué siempre digo: "Mis hijas se tratan con tanto cariño. Creo que soy la mamá más afortunada del pueblo. No. Soy la mamá más afortunada del país. No. ¡Soy la mamá más afortunada de todo el mundo!"

Printed in the United States.

First Edition
10 9 8 7 6 5 4 3 2 1

Library of Congress Cataloging-in-Publication Data

Hayes, Joe.
   Don't say a word, mamá = No digas nada, mamá / by Joe Hayes ; illustrations by Esau Andrade Valencia. —1st ed.
      p. cm.
   In English, with Spanish translation by the author.
   Summary: Sisters Rosa and Blanca are so kind, thoughtful, and generous—and such good gardeners—that their Mamá, who lives between the two, winds up with a great deal of corn, tomatoes, and red hot chiles.
   ISBN 978-1-935955-29-0 (hardcover : alk. paper); ISBN 978-1-935955-45-0 (pbk. : alk. paper); E-Book ISBN 978-1-935955-30-6
   [1. Sisters—Fiction. 2. Farm produce—Fiction. 3. Generosity—Fiction. 4. Spanish language materials—Bilingual.] I. Andrade, Esau, ill. II. Title. III. Title: No digas nada, mamá.

PZ73.H2652 2013
[E]--dc23

2012004536

Book and cover design by Antonio Castro H.

———◈———

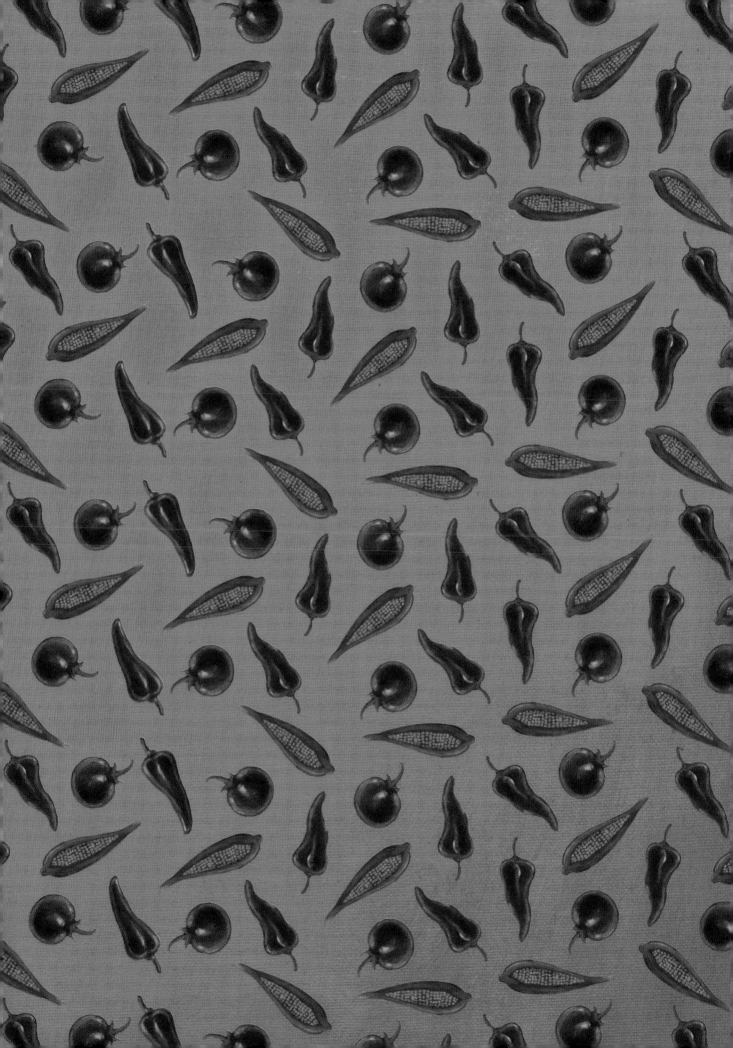

OTHER BOOKS BY JOE HAYES FROM CINCO PUNTOS PRESS

Coyote Under the Table / El coyote debajo de la mesa
Illustrated by Antonio Castro L.
A Junior Library Guild Selection

Dance, Nana, Dance / Baila, Nana, Baila: Cuban Folktales in English & Spanish
Illustrated by Mauricio Trenard Sayago
Aesop Award • Anne Izard Storytellers' Choice Award

The Day It Snowed Tortillas / El día que nevaron tortillas
Illustrated by Antonio Castro L.
One of our 15 all-time favorite books for kids! —Bloomsbury Review

Don't Say a Word, Mamá / No digas nada, Mamá
Illustrated by Esau Andrade Valencia
A Junior Library Guild Selection

¡El Cucuy!: A Bogeyman Cuento in English and Spanish
Illustrated by Honorio Robledo
The best scary stories, like this one, always have a happy ending.

Ghost Fever / Mal de fantasma
Illustrated by Mona Pennypacker
Texas Bluebonnet Winner 2007

The Gum-Chewing Rattler
Illustrated by Antonio Castro L.
Do rattlesnakes chew bubblegum? Of course they do. And they blow bubbles too.

Juan Verdades: The Man Who Couldn't Tell a Lie / El hombre que no sabía mentir
Illustrated by Joseph Daniel Fielder
Apples, temptation and a beautiful woman. Can Juan Verdades be Truthful John?

La Llorona / The Weeping Woman
Illustrated by Vicki Trego Hill
La Llorona is not a lady you want to meet when you're out past your bedtime!

The Lovesick Skunk
Illustrated by Antonio Castro L.
Is it true that skunks fall in love? Joe Hayes is glad you asked.

My Pet Rattlesnake
Illustrated by Antonio Castro L.
A tall tale of cold-blooded love.

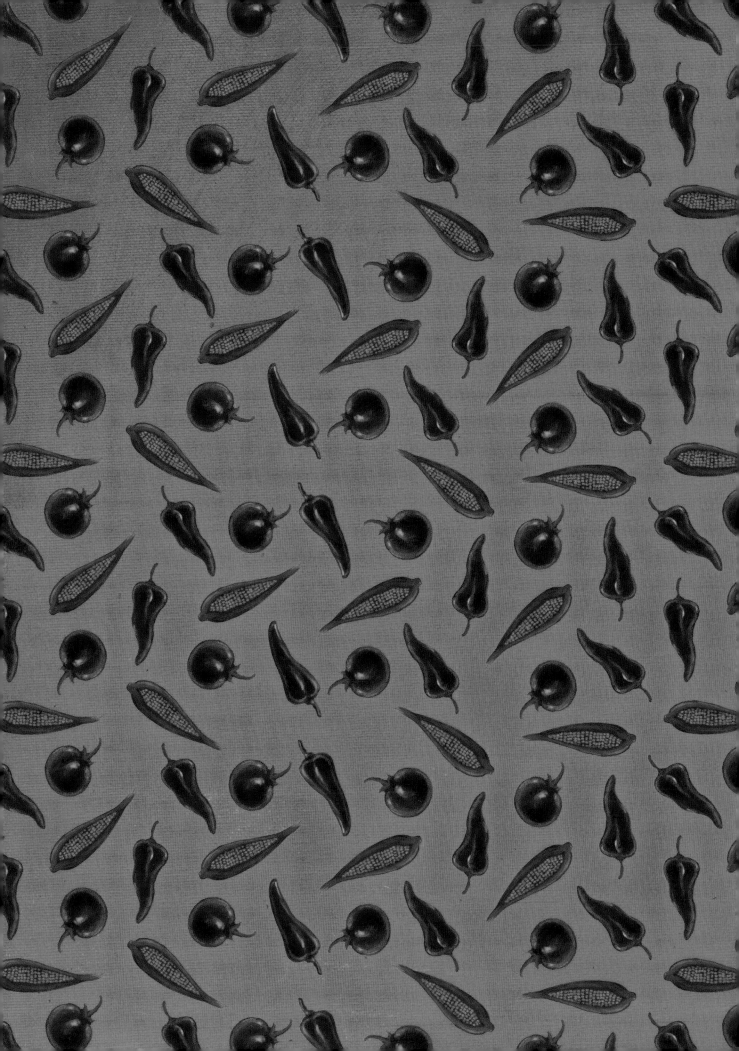